L'EMBERLUCOQUÉ

OU

LE CRIME AUX PRUNES

Tragi-Comédie

PAR

JEAN L'ATACIEN

ILLUSTRATIONS

DE

NARCISSE SALIÈRES

PRIX : 1 FR. 50 CENTIMES

AUX BUREAUX DE LA *REVUE MÉRIDIONALE*

À RIBAUTE, (Aude.)

1889

L'EMBERLUCOQUÉ

RIBAUTE (AUDE), IMPRIMERIE J.-L. ALQUIER

L'EMBERLUCOQUÉ

OU

LE CRIME AUX PRUNES

Tragi-Comédie

PAR

JEAN L'ATACIEN

ILLUSTRATIONS

DE

NARCISSE SALIÈRES

PRIX : 1 FR. 50 CENTIMES

AUX BUREAUX DE LA *REVUE MÉRIDIONALE*

A RIBAUTE, (Aude.)

1889

IMP. G. DOUAI
1818

A

MONSIEUR NARCISSE SALIÈRES

PERSONNAGES

JACQUES BONAT, *bourgeois* ;

JEANNETON, *servante de Bonat, amante de Philippart* ;

PHILIPPART, *domestique de Bonat, amant de Jeanneton* ;

GENDARMES ;

JUGES ;

UN MÉDECIN ;

LA FOULE.

La scène se passe en un coin de la ville, aux alentours et dans le jardin de Jacques Bonat.

L'EMBERLUCOQUÉ

TRAGI-COMÉDIE

SCÈNE I.

BONAT, JEANNETON.

BONAT

(Seul dans le jardin)

Un, deux, trois ceps brisés !.. Ça n'aura pas de fin,
Donc ? Tout le monde, ici, pénètre en mon jardin !

Quoi ! viendra-t-on encore et longtemps de la sorte
Ravager mon parterre et barbouiller ma porte ?
Non. C'est trop se moquer d'un homme haut placé
Que toujours on a vu pour chacun empressé....

(Il lève la tête)

Et mes prunes aussi !.... L'on a volé mes prunes !
Mes prunes jaune d'or, vertes, roses et brunes !
Mes prunes que j'aimais presque autant que mon œil !
S'il fallait m'en priver, mieux vaudrait le cercueil !...
Foi de Bonat, ce trait n'est en rien excusable :
Je veux chercher, trouver et punir le coupable.
Il est temps qu'on respecte enfin ma dignité
Et qu'on n'abuse plus ainsi de ma bonté.

(Il appelle)

Hé ! Jeanneton ?

JEANNETON
(Dans la cuisine)
Monsieur !

BONAT
Laisse là ta marmite,
Ton fourneau, ta cuiller et descends au plus vite !...
(Parlant seul).   (Appelant de nouveau).
Oui, je me vengerai, gredins !... Hé ! Jeanneton ?

JEANNETON
Monsieur !

BONAT
Que tardes-tu ? Cours donc !

JEANNETON
(Allant à la rencontre de Bonat.)
(A part)
Mon Dieu ! quel ton !
Voyons, faux massacreur, quel est bien le mystère
Qui te fait, maintenant, prendre tant de colère ;
Alors que tu fuirais, muet comme un carpeau,
Si ton chien avait l'air de caresser ta peau.

(Haut)

Voilà ! Monsieur.

BONAT

Malheur ! On a volé mes prunes !
Et sur l'arbre il en reste à peine quelques unes !...

JEANNETON

Eh bien ?

BONAT

Eh bien ! il faut, de suite, découvrir
Philippart, ton cousin. Va, dis lui de venir
Et vite ! et sans bayer ! Je veux, cette nuit même,
Me venger des pillards par quelque stratagème.
Il me faut lui parler. C'est un fameux routier
Qui connaît, m'a-t-on dit, tous les fils du métier.

JEANNETON

(A part)   (Haut)
Certes, il t'en vendrait ! Mais, monsieur, la cuisine ?
La soupe n'est pas prête et l'eau de la bassine
Coule sur le plancher....

BONAT

Va-t-en ! J'en prendrai soin,
Pendant que tu seras en quête à chaque coin.

JEANNETON

(S'en allant)
Allons, bon ! il va faire encor quelque sottise.

SCÈNE II.

—

JEANNETON, PHILIPPART.

—

PHILIPPART

(Débouchant d'un côté)

Ohé ! ma Jeanneton, vas-tu donc à l'église,
A cette heure ?

JEANNETON

(Se retournant)

       Ah ! mon cher, vraiment, j'ai du plaisir
A te trouver. Bonat vers toi me fait courir.
Qu'on serait malheureux, si l'on n'était ingambe !

PHILIPPART

J'en conviens. Bien nous vaut d'avoir fort bonne jambe.
Voilà déjà sept fois qu'il m'appelle aujourd'hui :
Une fois pour l'aiguille, une autre pour l'étui....
A la fin, sait-il pas qu'il m'embête, cet homme ;
Que son raisonnement stupide à fond m'assomme ?
Chiche, avare jusqu'à ronger l'os de son chien,
Ce grogneur craint toujours qu'on lui mange son bien.
Il t'envoie à l'instant, dis-tu, pour ?

JEANNETON

                       Pour des prunes !

PHILIPPART

Ah ça ! ma Jeanneton, trêve à toutes rancunes,
Entre nous, et finis, enfin, de regimber.
Peut-être penses-tu par ailleurs mieux tomber ?

JEANNETON

Tu fais comme Bonat, méchant ! Parle-t-on figue,
Tu réponds raisin, et tu n'es pas plus prodigue.
Je ne me moque pas : ce que j'ai dit est vrai,
Aussi vrai, sûr, certain, qu'un beau jour je mourrai.

PHILIPPART

Alors, va pour méchant ; mais, je te le déclare,
(Il lui prend la main)
Pour toi, ma Jeanneton, mon cœur n'est pas avare.

JEANNETON

Peut-être !

PHILIPPART
(Tendrement)
Veux-tu bien une preuve, à l'instant ?

JEANNETON

Savoir laquelle !

PHILIPPART
(Se disposant à embrasser Jeanneton)
Tiens !...

JEANNETON
Tais-toi, l'on nous entend !
(Elle s'esquive)

PHILIPPART

Ce soir, au moins, mamour, si la place est déserte,
Tu laisseras la porte assez tard entr'ouverte.
Adieu ! jusqu'à ce soir.

JEANNETON
(Se retournant)
Jusqu'à ce soir, adieu !

PHILIPPART
(Seul)
Allons voir si mon maître est encore en ce lieu.
(Il entre dans le jardin de Bonat)

SCÈNE III.

—

BONAT, PHILIPPART.

—

PHILIPPART

Té ! le voilà, là-bas, à l'ombre du platane,

—

Et comme il gesticule et brandit haut sa canne !
On croirait voir en lui, perdu dans le lointain,
Un vieux moulin tournant d'un élan incertain.
Il regarde ce coin où je suis ; mais, sans doute,
Il ne m'aperçoit pas : le vilain ne voit goutte

Marchons à sa rencontre et tâchons de savoir
Ce qui peut lui causer un si grand désespoir....
(Haut)
Bonjour ! monsieur Bonat ; j'arrive, à l'heure même,
Pour chercher, avec vous,... la clef de ce problème.

BONAT

Bien pensé, Philippart. Je te fais observer
Que, tantôt, ma bonté saura te retrouver.

PHILIPPART

Vos promesses, dit-on, ne sont pas toujours veuves ;
Mais toutes, cependant, n'ont pas montré leurs preuves.
Il est vrai que le monde est ingrat et méchant
Et qu'il a méconnu votre... meilleur penchant.
Votre bien, paraît-il, le tente ; il le convoite ;
Un peu même, parfois, sans payer il l'exploite....

BONAT

Il l'exploite ! Eh, ma foi ! quand on est exploité,
Peut-on avoir pour lui beaucoup de charité ?
Tiens ! pas plus tard qu'hier, une horde sauvage
S'est introduite ici, mettant tout au pillage :
Elle a tordu, brisé, le prunier, l'échalas,
Piétiné les semis, jeté les fleurs à bas....
Avance, Philippart ; constate si mon dire
Se trouve exagéré.

PHILIPPART
(Sans suivre Bonat)
L'on n'y peut contredire.

(A part)
Quoique avec mes bons yeux à peine si je vois,
Par-ci, par-là, des brins et des coques de noix.

BONAT

Enfin, vois-tu, c'est trop et je perds patience ;
C'est pourquoi je te viens demander assistance

Pour mater ces fripons ; puis, de ton dévoûment,
Sois sûr, tu recevras le prix, au beau moment.

PHILIPPART

(A part)

Toi, ladre, me donner ? Bah ! pas. même ta fièvre !
Maître crasseux ! ce soir, attention au lièvre ;
Tâche de le pincer ! Allons ! chacun son tour
De pétrir la galette et de la mettre au four !
Sache que je ne veux jouer la comédie
Ainsi que tu l'entends : c'est trop à l'étourdie.
Ce ne sera pas moi qui prendrai jamais soin
De te prêter la main pour ton sensé besoin.

BONAT

(Retournant vers Philippart)

Compter sur la justice, en le siècle où nous sommes,
Ce serait mal connaître et les lois et les hommes.
Il faut donc s'en tenir à soi-même et tenter
De se faire, chez soi, quelque peu respecter.
Pour cela, dès ce soir, fusil et carabine
Seront, comme il convient, bourrés de chevrotine ;
Et moi-même, posté comme un vieux grenadier,
Je veux saisir ces gueux, leurs mains dans mon panier.
Va, mon cher Philippart, terminer ton ouvrage ;
— Surtout, que les chevaux n'aient pas trop de fourrage —
Tu reviendras ensuite en ce lieu. De ce pas,
Moi, je vais, promptement, rentrer pour mon repas.

SCÈNE IV.

—

PHILIPPART, *(Seul.)*

Tu m'attendras longtemps, maître aux sottes rengaines !
Vieux emberlucoqué !... Le voilà : les semaines
Et pas même un seul jour ne se peuvent passer,
Chez lui, tranquillement : on l'entend ressasser
Sur le premier sujet où son esprit s'arrête.
Passe s'il était fou ; mais, non, il a sa tête,
C'est bien de lui qu'on peut, avec juste raison,
Dire : il fait la musique ainsi que la chanson,
A l'ouïr, vous croiriez : C'est un vieux de la vieille ;
Sa bravoure, en nul lieu n'a trouvé de pareille.
Le poltron ! Que le vent, au loin, semble gémir,
Il se trouble, il chancelle, il est près de blêmir.
Il extravague en tout, et nous, ses domestiques,
Nous devons essuyer ses travers despotiques....
Mais, très heureusement, avant qu'il soit bien tard,
Jeanneton deviendra la femme à Philippart.
Alors, Jacques Bonat, avecque ma cousine
Nous te ferons mirer.... au bas de notre échine.
Puis, si le cœur t'en dit, après chaque dîner,
En ton jardin, seulet, tu pourras promener !

SCÈNE V.

BONAT, JEANNETON.

JEANNETON

La la la la la la la la la la la la la la la la la la la la la la la la la la la la la la la Chantons l'amour et son i-vres-se ; Laissons é-clater notre cœur ; Jou-is-sons de notre jeu-nes-se ; Chantons l'amour et son i-vres se. Afin de bannir la tristesse Et narguer le souci moqueur, Chantons l'amour et son i-vres-se ; Laissons é-clater notre cœur ; Chan-tons l'a-mour et son i-vres-se ; Laissons é-cla-ter no-tre cœur.

BONAT

(Se rencontrant avec Jeanneton)

Est-ce toi, Jeanneton, qui chantais, tout à l'heure,
Un joyeux refrain ?

JEANNETON

Oui ; mais, de votre demeure,
Qui vous fait échapper si précipitamment ?
Auriez-vous, par hasard, été pris, au moment,
Dans votre intérieur, d'un violent malaise ?
Eh bien ! pour qu'il vous quitte ou tout au moins s'apaise
Votre mal, je m'en vais, vitement, préparer
Un doux médicament qui vous doit restaurer.
Voulez-vous de tilleul une bonne rasade ?

BONAT

Non, merci, Jeanneton ; je ne suis pas malade....
Comme tu me parais entraînante, ce soir ;
Comme ta prévenance en moi chasse le noir,
Et comme je te trouve, enfin, belle, charmante !

JEANNETON

Flatteur ! vous voulez rire un peu de la servante !

BONAT

Non, bonne Jeanneton ; mais veux-tu deviser
Un tout petit instant ?

JEANNETON

Si cela peut causer
Du plaisir à monsieur, soit fait comme il désire.
Il est charmant aussi ; laissez-moi le lui dire
A mon tour.

BONAT

Te plaît-il de venir là, tout près ?
De t'asseoir, avec moi, sur le banc de cyprès ?

JEANNETON

J'accepterai si vous m'assurez, sans ambage,
Que vous ne serez pas polisson, mais très sage.

BONAT

Te faire de la peine oserai-je jamais ?

Chère, tu le sais bien, je ne suis pas mauvais,
Tope là !

(Il lui tend la main)

JEANNETON

(A part)

     Quelle mouche a piqué ce bélître ?
Aurait-il tout à fait vidé son doublé litre,
Afin de s'infuser — belle réflexion ! —
De l'esprit et du cœur en cette occasion ?

(Haut)

Soit ! Tenez, je consens ; mais que votre parole
Ne tourne ainsi qu'un vent, sinon l'oiseau s'envole

(A part)   (Haut)

Pour ne plus revenir, J'en ai peur... Et, d'abord,
Veuillez lâcher ma main ; vous la serrez si fort !...

BONAT

Pas si fort que pour toi n'est forte ma tendresse.

JEANNETON

(A mi-voix)

Ta bonté, je le sais, égale ta largesse :
Tu nous écorcherais pour vendre notre peau.

BONAT

Que dis-tu, Jeanneton ?

JEANNETON

               Je dis que le fourneau
Brûle inutilement du bois, dans la cuisine,
Et que je vais l'éteindre.

BONAT

           Ah ! maraude ! coquine !
Tu veux me ruiner ainsi que Philippart ?
Va, cours ranger ton feu !... Non ! suspends ton départ.
Avant de t'éloigner, il faut que je surveille
Les objets entassés au fond de la corbeille
Que tu portais.

JEANNETON

Voyez : d'abord, c'est le manteau
Que j'avais étendu pendant qu'il faisait beau ;
Puis, vos bonnets de nuit ; ensuite, vos culottes,
Votre gilet marron, vos bas et vos calottes,
Et puis, ma foi, plus rien !

BONAT

Bien ! Tous mes compliments ;

Mais tes deux poches, là, sous ces flots d'ornements,
Que cachent-elles, dis, en leurs formes de dunes ?

JEANNETON

Trop curieux, monsieur ! Elles cachent.... des prunes,
Qui ne sont pas pour vous, gourmand ! Il faut des dents
Et vous n'en avez pas pour mordre là-dedans.

(Elle s'enfuit)

SCÈNE VI

—

BONAT, *(Seul.)*

Des prunes... Ah ! j'y suis ! Mes prunes ! Assassins !
Dès ce soir vous allez me payer vos larcins !
En vain, vous compterez sur les sombres ténèbres
Pour ajouter encore à vos méfaits célèbres
Quelques exploits pervers. Oui, bandits, dès ce soir,
— Pas plus tard, — vous pouvez abandonner l'espoir
De revenir, ici, par bandes et par files,
Vous gorger de mes fruits et puis partir tranquilles.
Venir gais, il se peut ; mais ainsi repartir,
Sans avoir sous la peau deux grains de repentir,
Non pas ! Peut-être bien, gredins, qu'au cimetière
Même, on vous enverra sans cortège et sans bière...

(Bruit)

Quelqu'un vient... Parlons bas. On ne peut, dans la nuit,
Distinguer les objets et plus rien ne reluit ;
Mais la lune, bientôt, dissipera cette ombre,
Et gare ! Alors : pim ! pam ! je tape dans le nombre !
Les nuages aussi se dispersent dans l'air
Et, tout autour de moi, je vois un peu plus clair.

(Autre bruit)

Un instant !... C'est parfait... Taisons-nous ; c'est la troupe
Qui grimpe sur le mur... Elle en atteint la croupe...

(Des ombres se projettent sur le mur)

Elle descend... Silence !... Ah ! voici le moment
D'infliger à ces gueux un juste châtiment.

Mon fusil ?... Le voilà ! je le tiens !... Il me semble
Que mon cœur bat bien fort !... Suis-je faible ? je tremble !..

(Il dépose l'arme)

Du courage, Bonat ! Il y va de l'honneur.
De ton nom. Un effort. Arme ton bras vengeur !...

(Il reprend le fusil)

SCÈNE VII.

BONAT, PHILIPPART.

PHILIPPART

(Derrière le mur du jardin)

Jeanneton, mon amour, tu n'es pas diligente ;
Je commence à trouver bien longue mon attente.
Cependant, je t'avais demandé, ce matin,
De laisser entr'ouvert le pas de ce jardin ;
Bonat l'aurait-t-il clos avant une heure indue ?....

(Coup de feu)

Aïe, aïe, aie !... Ah ! mon Dieu !... Sainte-Vierge !... on me tue !...
On m'égorge !... Au secours !...

(Il prend la fuite)

BONAT

        Quel effroyable bruit
Retentit, et quels cris s'élèvent dans la nuit !
Fuyons !... à droite !... non, à gauche !... non, derrière !..
Non, devant !... Là, le fort !... Par ici, la rivière !...

(Il heurte un corps)

Horreur !... Je suis un monstre ! Est-ce bien toi, Bonat,
Qui viens de consommer un tel assassinat ?...
Ah ! voilà la prison où le crime te roule !
Elle va t'enserrer comme une affreuse goule !...
Ah ! voilà l'échafaud, justice des humains,
Où te feront monter tes criminelles mains !...
Ah ! voilà le panier où tomberont ta tête
Et puis ton corps, devant la foule stupéfaite !...
Non ! cela ne se peut ! cela ne sera pas !
Car je suis libre encor ; mais il faut, de ce pas,
Faire de mon forfait disparaître la preuve.
Où la cacher ? en terre ou dans l'onde du fleuve ?...
Je ne sais !... Cependant le temps fuit, à leur tour,
Les ombres feront place aux premiers feux du jour.
Creusons vite une fosse et cachons la victime :
Que le soleil levant n'éclaire pas mon crime
Et ne vienne, par sa brusque apparition,
Dévoiler à chacun mon infâme action !...
Voilà ma bêche, bon ! Mettons-nous à la tâche
Et, pendant qu'il fait nuit, travaillons sans relâche...
Qu'il est dur ce labeur pour mes débiles bras !
Je n'en peux plus !... Je tombe !... Oh ! comme je suis las !...

(Il se penche pour saisir la victime)

Quel rictus effrayant ! Quelle horrible grimace !...

(Il roule le corps dans la fosse)

Eloignez-vous de moi, regards de cette face !...
Pitié !... Retirez-vous !... Ah ! je suis un maudit !
Je n'aurai plus pour noms que Bonat le bandit,
L'assassin, retracés d'une plume écarlate
Sur mon front où, toujours, doit rester ce stigmate !...
C'est fait ; fuyons d'ici. Déjà le ciel pâlit
Et les gens matineux doivent quitter leur lit...

SCÈNE VIII.

—

PHILIPPART, UNE BRIGADE DE GENDARMERIE.

—

PHILIPPART

Brigadier ? Ecoutez ! avant d'aller en selle :
Je dois vous faire part d'une grave nouvelle.

LE BRIGADIER

(Aux Gendarmes)
Halte-là ! mes amis ; attendez un moment.
(A Philippart)
Vous, de quoi s'agit-il ? Parlez très promptement.

PHILIPPART

Il faut vous annoncer d'abord, que, d'ordinaire,
Je viens dans ce quartier pour une simple affaire
Où Cupidon, malin, m'a poussé. Donc, hier soir,
Quand la lune, du ciel trouait le manteau noir,
Près de ce mur, où rien ne troublait le silence,
J'étais au guet, quand, tout à coup, un bruit immense
Eclata, près de moi, là, dedans cet enclos.
— Et tenez, brigadier, encor j'ai froid au dos. —
Je ne m'attendais pas, en cet instant magique,
A goûter, sans avis, une telle musique ;
Aussi je pris la fuite et, courant comme un fou,
Je risquai, maintes fois, de me rompre le cou ;
Mais, peu d'instants après, en me voyant nu-tête,
Je revins sur mes pas pour chercher ma casquette....

LE BRIGADIER

Eh bien ! est-ce tout ?

PHILIPPART

          Non. Tantôt, dans ce jardin,
Je percevais les mots de bandit, d'assassin ;
J'entendais piétiner et remuer la terre ;
J'ai cru même, un instant, que le propriétaire
En personne était là. Je ne me trompais pas,
Car, grimpant sur le mur, j'ai pu le voir, en bas,
Fouiller, creuser le sol, dans la nuit incertaine,
Et puis y déposer comme une forme humaine.
J'ai pu le voir s'enfuir, après ce long travail
Qu'il vient de terminer.... D'ailleurs, son grand portail
Grince sur ses vieux gonds. C'est à peine s'il rentre.

LE BRIGADIER

Mille bombes d'enfer ! Que le diable l'éventre !
Gendarmes ? garde à vous ! Cernez cette maison ;
Que ce criminel soit saisi, mis en prison ;
C'est le moment d'agir ; prévenez donc sa fuite,
En ne différant pas plus longtemps sa poursuite.
Faites votre devoir.
         (A Philippart)
          Vous, allez avertir
Le Parquet ; que, sur l'heure, il veuille bien venir ;
Pendant que moi, les yeux sur cette étroite porte,
Je garderai l'issue afin que nul ne sorte.

SCÈNE IX.

—

BONAT, GENDARMES, JUGES, UN MÉDECIN, LA FOULE.

—

UN JUGE

Brigadier, en public, je vous fais compliment
De ce que vous savez conduire rondement
Pareilles actions. S'est-on saisi de l'homme?
A-t-il fui ? l'a-t-on vu ? le connait-on, en somme ?

LE BRIGADIER

Voici venir, monsieur, le sabre dégainé,
Des gens nous amenant le coupable enchaîné.

UN ASSISTANT

A-t-on vu, nulle part, une traîtresse mine ?

UN AUTRE

Aurait-on jamais crû cette main assassine ?

UN AUTRE

Comme il baisse le front, le bandit, le forçat !

UN AUTRE

Sur les lieux, il faudrait qu'on le décapitât !

UN AUTRE

Dites qu'il vaudrait mieux le pendre à la potence !

UN AUTRE

Ou bien le brûler vif !...

LE JUGE

(A la foule)

Messieurs, faites silence !

(A Bonat)

Avancez ? prévenu.... Votre nom ?

BONAT

(Faiblement)

Moi ?... Bonat.

LE JUGE

Vous êtes accusé d'un noir assassinat
Commis, quand tout dormait, la nuit, dans cette ville.
Pouvez-vous présenter quelque défense utile ?

BONAT

Pardon ! monsieur !...

LE JUGE

Parlez ! Donnez vite raison,
Sinon l'on vous amène aussitôt en prison.
Parlez ! Qu'avez-vous fait pendant la nuit dernière ?
Vous n'étiez pas chez vous. Un témoin, là, derrière,
Vient de le raconter.

BONAT

Ah ! Dieu ! serait-ce toi,
Jeanneton, qui me mets au pouvoir de la loi !

LE JUGE

C'est un aveu ; c'est bien ! Où donc, de votre crime,
Avez-vous enfoui la preuve, la victime ?

BONAT

Ah !...

LE JUGE

Avouez !

BONAT

(Tristement).

Eh bien !... là,... là,... dans le jardin...

LE JUGE

En quel endroit ?

BONAT

(D'une voix entrecoupée).

Au... puits,... près... du... petit... chemin,...

LE JUGE

(A un Gendarme)

Allez, transportez-vous à la place indiquée
Et qu'une fouille y soit prudemment pratiquée.

(A un autre Gendarme)

Vous aussi, sans retard, allez dire au docteur
De venir visiter le mort accusateur.

PREMIER GENDARME

Sans trop de peine on a retrouvé le cadavre.

(A part)

On a beau se raidir, cette scène vous navre.

LE JUGE

Qu'on l'enlève de terre et qu'on le porte ici.

LE MÉDECIN

Vous m'avez fait quérir, messieurs, et me voici...
Mais, que se passe-t-il ?

LE JUGE

Docteur, un crime horrible
Attriste et met en deuil notre cité paisible...
Voilà, même, le mort par des gens apporté...

(A tous ses collègues)

Nous allons constater, messieurs, l'identité.

(Ceux qui portent le mort arrivent et tirent chacun de leur côté ; le corps se disloque et l'on s'aperçoit que c'est un vieux mannequin habillé dont on se servait pour faire peur aux oiseaux. — Tête des assistants.)

UNE VOIX DANS LA FOULE

Gardons-nous de jamais juger sur l'apparence :
Nous nous exposerions à punir l'innocence !

(RIDEAU.)

Ribaute, (Aude), 16-21 novembre 1888.

FIN

RIBAUTE, (AUDE), IMPRIMERIE J.-L. ALQUIER.

DU MÊME AUTEUR:

MON VILLAGE, Poème, (nouvelle édition) PRIX : 50 centimes.

TOUJOURS FRANÇAIS ! Chant patriotique des Alsaciens-Lorrains (avec musique), Illustré par A. Baumann. PRIX : 50 centimes.

LA REVUE
MÉRIDIONALE

(4me ANNÉE).

*

CONDITIONS D'ABONNEMENT

ET AVIS DIVERS TRÈS IMPORTANTS

La REVUE MÉRIDIONALE paraît tous les mois, en livraisons de 24 pages, avec des illustrations dans le texte, au prix de CINQ francs par an.

Moyennant un supplément de CINQ francs, soit DIX francs par an, les abonnés reçoivent 12 eaux-fortes ou gravures hors texte (une par livraison) d'une valeur bien supérieure au prix fixé.

Les abonnements sont payables d'avance et partent du 1er janvier de chaque année ; ils continuent à moins d'avis contraire.

Lorsqu'une demande d'abonnement n'est pas accompagnée de son montant, l'Administration de la Revue fait présenter, au domicile du souscripteur, une quittance qui se trouve augmentée de 50 centimes par suite des frais et du prélèvement fait par la Poste au profit de ses employés.

Adresser les souscriptions et tout ce qui se rattache à la Direction et à l'Administration à RIBAUTE, par Lagrasse, (Aude.)

Tout ce qui a trait à la Rédaction doit être adressé à CARCASSONNE, Rue Victor Hugo, 3.

Tous les genres de littérature sont admis, exception faite des sujets scabreux ou immoraux ainsi que des articles de polémique religieuse ou politique. Les auteurs demeurent responsables de leurs articles qui doivent être signés. Les manuscrits non insérés ne sont pas rendus.

Avoir soin de joindre un timbre-poste de 15 centimes à toute lettre nécessitant une réponse.

COLLABORATEURS DE LA *REVUE MÉRIDIONALE*

Jean Alboize -- J.-L. Alquier (Jean L'Atavien) -- Georges Beaume -- Jean Berge -- Maurice Bouchor -- Paul Bourget -- Évariste Carrance -- François Coppée -- Daniel -- Auguste Dorchain -- Prosper l'Été -- François Fabié -- Paul Fabre -- Charles Fuster -- Auguste Fourès -- Paul Harel -- José-Maria de Hérédia -- Timoléon Jaubert -- Edmond Fabie -- Mme Edouard Lenoir -- Pierre Loti -- Louis Labat -- Jehan Madeleine -- Louis Meige -- Frédéric Mistral -- Achille Mir (Lou Bourgalet) -- Léon Mouchat -- André Maure -- Stéphane Mallarmé -- Edmond Perrée -- Jean Philibert -- L. Xavier de Ricard -- Jean Rameau -- Jean Richepin -- Achille Rouquet -- Armand Sarniguet -- Théodore Séguier -- Josephin Soulary -- Laurent Tailhade -- Alfred Valdi -- Paul Verlaine -- Émile Zola -- Narcisse Salières (Grossel), Peintre -- A. Baumann, Peintre.

www.ingramcontent.com/pod-product-compliance
Lightning Source LLC
Chambersburg PA
CBHW072258210626
46818CB00017B/1848